www.tredition.de

AF198177

Gedichte sind „Hoffnungsrosen auf dem Weg",
die Höhen und Tiefen des Lebens begleiten.

SEIN

Zart und zerbrechlich

Schatten und Licht

Hoffnungsblumen weisen den Weg

LEBENSSINN

Die Autorin

Die Autorin mit ihrer Colliehündin "Zala Melody of Golden Gate"

Birgitta Zörner, geboren 1960, studierte kath. Theologie und Germanistik und unterrichtet seit vielen Jahren an der Edith-Stein-Schule in Darmstadt.

Die Liebe zur Lyrik und Kunst begleitet ihr Leben, verbunden mit Religion und Philosophie. Der Gedichtband „Hoffnungsrosen auf dem Weg" entstand in einer schweren Zeit ihres Lebens und zeigt die Sinnhaftigkeit des Daseins, die Hoffnung als Lebensprinzip und das Getragensein auf dem Lebensweg.

Birgitta Zörner

Hoffnungsrosen

Meine Lyrik auf dem Weg

www.tredition.de

© 2013 Birgitta Zörner

Umschlaggestaltung, Illustration: Birgitta Zörner
Satz, Korrektorat: Corinna Podlech, Hamburg

Bildrechte: © Birgitta Zörner (Privatarchiv)

Verlag: tredition GmbH, Hamburg
ISBN: 978-3-8424-8767-3
Printed in Germany

Das Werk, einschließlich seiner Teile, ist urheberrechtlich geschützt. Jede Verwertung ist ohne Zustimmung des Verlages und des Autors unzulässig. Dies gilt insbesondere für die elektronische oder sonstige Vervielfältigung, Übersetzung, Verbreitung und öffentliche Zugänglichmachung.

FÜR DICH,

DIE DU MIR DAS LEBEN

GESCHENKT HAST

„... Für jetzt bleiben Glaube, Hoffnung und Liebe, diese drei, doch am größten unter ihnen ist die Liebe."

(1 Kor 13, 13)

Inhaltsverzeichnis

Prolog

Die Lyrik, das eigene Schreiben von Poesie begleitet mein ganzes bisheriges Leben, von der Schulzeit über das Studium (kath. Theologie, Germanistik, Pädagogik), während meiner Tätigkeit als Deutsch- und Religionslehrerin an einem Gymnasium und natürlich ganz speziell die Höhen und Tiefen meines Lebens.

Meine Poesie geht mit mir, nimmt unterschiedliche Formen an, entsteht im Lebensfluss, wird angeregt durch meine Liebe zur Natur, zur Schöpfung Gottes, durch die Beschäftigung mit Religion und Philosophie und die Begegnung mit faszinierenden Bildern und Kunstwerken (1).

Meine Lieblingslyriker sind vor allem Rainer Maria Rilke, Mascha Kaleko, der indische Dichter Rabindranath Tagore. Ich liebe besonders die Epoche der Romantik mit der „blauen Blume"(2). In der Kunst inspirieren mich Caspar David Friedrich, die Impressionisten, Paul Klee, Marc Chagall ... und viele moderne Künstler, die nicht so bekannt sind, deren Werke mich zum Schreiben anregen.

In meinen Gedichten tauchen immer wieder zentrale Metaphern auf wie „Hoffnungsrosen", „Jasmin" (3), „Seelenvogel" (4), „Regenbogen", aber auch Neologismen, die spontan einfließen und gefühlt sind (5).

Eine ganz wichtige Bedeutung haben meine „Engel-Gedichte", die in einer schweren Zeit meines Lebens entstanden sind und somit auch einen großen Hoffnungscharakter aufweisen.

Durchdrungen ist mein Schreiben von biblischen Bezügen wie z.B. der „Regenbogen nach der Flut" und vor allem von der Auferstehungshoffnung.

Somit sind meine Gedichte „Hoffnungsrosen" auf meinem Lebensweg, die mir Kraft geben, dass mein „Seelenvogel" sich erheben kann und fliegt.

Vielleicht schenken meine Gedanken auch anderen etwas Hoffnung, wenn sie mit offenen Augen und offenen Herzen gelesen werden …

Rosen und Blumen aus meinem Garten, die eine besondere Sprache sprechen und das „Lied vom Leben" singen, begleiten meine Poesie, umhüllen diese mit dem Blütenduft.

---

(1) Unter meinen Gedichten finden sich unterschiedliche Gedichtformen wie z.B. das Sonett, Gedichte mit festem Reimschema und Metrum, aber auch viele „offene" Gedichte, die auf metrisches Regelmaß und traditionelle Strophen- und Gedichtform verzichten.

Hier sind Auflockerung (Freie Rhythmen) und Annäherung an die Prosa von Bedeutung und oft auch der Verzicht auf jede Zeichensetzung.

Einige Gedichte sind gewählt „offen", die Erlebniskurve schließt sich am Ende nicht, um den Leser am Schluss bewusst zu aktivieren.

Im Hinblick auf die Intention meiner Poesie finde ich eine Aussage von Kurt Marti in Bezug auf die moderne Lyrik sehr schön. Moderne Literatur ist nach Marti „Lob der Sprache vor dem Horizont der Sprachlosigkeit" (aus: „Moderne Literatur, Malerei und Musik. Zürich - Stuttgart 1963).

Gerade wenn wir an die Sprachsituation unserer Zeit – den Sprachverlust und damit auch den Sinnverlust – denken, gewinnt gefühlte poetische Ausdrucksweise an Bedeutung. Wenn Gott in vielen modernen Gedichten nicht direkt angesprochen wird und auch die theologische

Deutung des Todes größtenteils fehlt, so heißt das nicht, dass der Mensch die Suche nach einem alles umfassenden Sinn aufgegeben hat.

(2) Die „Blaue Blume" ist das zentrale Symbol der Romantik (Novalis „Nach Innen geht der geheimnisvolle Weg"), sie steht für die Sehnsucht, für die Liebe und besonders für das metaphysische Streben nach dem Unendlichen. In ihr verbinden sich Natur, Mensch und Geist, vor allem auch in dem Streben nach der Erkenntnis der Natur und des Selbst.

(3) „Jasmin" ist eine lieblich duftende, hell strahlende, weiß blühende Blume, die für Schönheit, Reinheit, Ordnung steht. Sie liebt einen möglichst sonnigen und hellen Standort.

(4) In der Volkskunst wird die Seele häufig als „Seelenvogel" dargestellt. Das griechische Wort „psyche" kann Schmetterling heißen, was auch mit „psychein" (= „hauchen", „atmen") zusammenhängt. Das lateinische Wort „anima" kommt vom Griechischen „anemos" (= „Wind"). Somit wird die Seele oft in ganz engem Zusammenhang mit dem Atem gesehen.

(5)

Gedankenlyrik

sprudelt heraus

aus meinem Inneren

Ich öffne mein Blumenherz

Poesielebendigkeit

I   Weggedanken

Staunen

Offene Augen,

um die Schönheit der Welt zu sehen,

Offene Ohren,

um das innere Lied der Schöpfung zu vernehmen,

Offene Hände,

um wahre Geschenke der Erde liebevoll aufzunehmen,

Offene Herzen,

um mit dem inneren Schlüssel Türen staunend zu öffnen,

das wünsche ich dir und mir.

Dieses Staunen bringt mich oft dazu, meine Gedankenlyrik zu schreiben, es ist der Versuch, das eigentlich Un-
aussprechliche doch in Worte zu fassen, die im Herzen
entstehen und von einem offenen Herzen empfangen
werden können.

LEBENSSEIN

Leben zwischen Dunkel und erfüllendem Sein –
Blumen reichen fast bis zu meinem Angesicht.

Das Erdenleben vereint die Menschheit oft im Leid,
Verloren ist das helle Gesicht in dieser dunklen Zeit.
Die Lotosblumen blühen für den, der licht erwacht
Und nicht mehr liegt in tief schwarzer Todesnacht,
In der ein Schmetterling rot blutend über mir schwebt
Und keinen frohen Hoffnungstanz mehr ins Leben webt.

Leben zwischen Dunkel und erfüllendem Sein –
Blumen reichen fast bist zu meinem Angesicht.

Das Dunkel des Todes zerstört die Lebenszweige,
Doch meine Seele erhofft sich zum Licht zu steigen.
Der blaue Himmel ist wie ein lichtes offenes Tor
Und ich strecke meinen Körper ganz aufrecht empor.
In meinem Inneren dann ein Lied erklingt silberhell
So wie ein unendlich wunderschöner Lebensquell.

Die Hoffnungsblumen in mir stärken zum Leben,

Das ich am Ende in liebende Hände kann geben.

Leben zwischen Dunkel und erfüllendem Licht –

Irgendwann wird ganz hell mein Angesicht …

Lebensschaukel

Schwebend in dieser Lebenszeit,

Ohne Angst zu sein ist keine Kleinigkeit,

Schaukelnd in dieser Abgrundwelt,

Hoffend, dass Vertrauen sich hinzugesellt.

Den hoffenden Menschen bunte Vertrauenswolken

überragen,

Die ihn durch das Leben tragen.

Vertrauend schweben

Innere Vertrauenswolken halten

Der lebendig leuchtende Wolkenhimmel hält zart

Seiltänzerin

Auf dem Seil schweben, dem Licht entgegen,

Weist die Liebe den Weg.

Dein rotes Kleid aus Rosen ist leicht.

Auf dem Seil schweben, dem Licht entgegen,

Dein Gang ist geschmeidig wie ein leichter Tanz,

Der dich zum ewigen Ziel geleitet.

Auf dem Seil schweben, dem Licht entgegen,

Weist die Liebe den Weg.

Himmelsleiter

Mit so unendlich großer Hoffnung
Steige ich auf zum lichten Blau des Himmels,
Der für mich erscheint offen,
Ohne zu zeigen das unermessliche Grau des Lebens.
Aufwärts Steigen ist wie ein Schweigen –
Und ich beginne wahrhaft zu leben,
Wenn die Hürde
Ist eine Brücke
Und ich
Offen bin …

Lebenssuche

Suchende und Findende zugleich
Suchen nach neuen Dingen
Muss ich mit mir ringen
Die Zweifel bezwingen
Hineingestellt in diese Welt
Greifend nach Sinn
Und der Frage, wer ich bin

Hin zum Licht

Leben ist immer ein Gehen –

Der Wind weht mir ins Gesicht,
Nebenbei rauschen die Zweige der Bäume.
Wie weit entfernt bin ich vom gesuchten Ort?
Manchmal träumt sich die Poetin, sie wär dort.

Hin zum Licht

Leben ist immer ein Gehen –
Und dann ein Ankommen.

Im Innern hilft ihr ein begleitendes Wort,
Gesprochen im Innern von dem Engel dort.
Irgendwann wird sie kommen ans ersehnte Ziel,
Dafür betet sie viel.

Lebensweg

Das Licht von oben begleitet mich,
Durchdringend mein Leben bis in die Tiefe,
Eingebettet in die Flammen der lebendigen Liebe,
Harmonisch mich getragen fühlend vom Blau des Himmels.
Die transzendentblaue Hoffnung
schließt den Kreis um die Liebe.
Ich gehe meinen Lebensweg … und finde.

Vielfalt des Lebens

Braun wie die Erde, die uns trägt,
Blau wie der Himmel, nach dem wir uns sehnen,
Gelb wie die Sonnenstrahlen, die unser Herz erhellen,
Rot wie die Liebe, die uns stärkende Lebenskraft gibt,
Die Zartheit des Lebens
Trägt mich durch die Zeit.

Zeichenhafter Weg

Mit Licht und Schatten –

Grüne Felder der Hoffnung,

Gelbe Felder der lebendigen Kraft,

Rote Felder der Liebe und Kreativität,

Dunkle Felder des schweren Herzens

Der Trauer und des Abschieds –

Die Unendlichkeit des blauen Himmels

Über allem strahlend und alles transzendierend

Zeigt den sinnhaften Lebensweg.

Ich gehe ihn!

II   Tag und Nacht

Blumenkranz in der Nacht

Die Sehnsucht erfüllt mein Herz,
Tief ist der dunkelblaue Schmerz.
Wann kommen wieder himmelblaue Träume.
Mich tragend auf Engelsflügeln?
Wann besteige ich den wundervollen Traumhügel,
Mich sinken lassend in schöne Blumenträume
Mit sich vom Wind bewegenden Fantasiebäumen?

Immer wieder mit müden Augen durchwacht
Die lange dunkelblaue Nacht,
Bis des Morgens grelles Tageslicht
Erscheint und nimmt die Traumaussicht.
Meine Augen suchen den Glanz,
Meine Füße den bunten Harmonietanz.

Ich finde wieder meinen Blumenlebenskranz
Am Tag und in der Nacht
Eine wahre Pracht –

Blick aus dem Fenster

Gehüllt in dunkle Nacht
Liegt die Straße, doch wer wacht –
Schauend aus dem Fenster der Schlaflosigkeit,
Stunde um Stunde vergeht in Ängstlichkeit,
Bis die Poetin beginnt zu schreiben
Mit dem Blick aus dem Fenster
Der Herzpoesie.

Blick aus dem nächtlichen Fenster

Die Poetin sieht die Bäume träumen.
Die Poetin hört die Blumen erzählen.
Die Poetin spürt den leichten Wind tanzen,
Sich sehnend nach wundervollen Träumen
Im inneren Fenster.

Engel des heilvollen Schlafes,

Mich in das Traumland

Holend und bergend

In Ruhe und Zuversicht

Sehnsüchtig erwartet,

Trage mich auf deinen Flügeln.

Sonnenuntergang

Zauberhaft schön
Ich möchte einfach nur
Bewundernd staunen.
Die Zeit steht still
Für einen Moment
Der Innigkeit.

Ein neuer Tag bricht an -
Hoffnungswolken
Weisen den Weg -
Das Licht leuchtet
In uns.

Lebendigkeit

Kraftvolle Liebe zum Leben,

Halt für den mutlos Liegenden,

Dunkle Schatten weichen,

Wandlung ins helle Blau der Zuversicht,

Ich liebe mein Leben.

Kraftvolle Liebe zum Leben,

Ausgestreckt über den Menschen,

Damit er aufstehe und lebendig tanze,

Den Lebensreigen.

III Traumgedanken

Blauer Traumflug

Zwischen Tag und Nacht
Kommt der blaue Traum ganz sacht
Herangeschwebt und trägt mich fort
An einen silberblau leuchtenden Ort.

Zwischen Tag und Nacht
Kommt der blaue Traum ganz sacht,
Hervorbringend in mir leise Traumlieder,
Die kommen wie Sterne auf die Erde nieder.

In der dunkelblauen Nacht
Erhebt mich Sternenglanz mit seiner Pracht.
Unendlich leicht schwebend wie ein Tanz
Ziehen zarte Farben einen Lebenskranz.

Der lichte Morgen

Jede Nacht ist wie ein Tor
Zum neuen Lebensmorgen empor.
Getanzt kommt das Morgenrot geflogen
So voller Hoffnung wie ein Regenbogen.
Der neue Tag kann mir viel geben,
Denn ich liebe mein Leben.

Traum

Engelsflügel tragen mich sanft,

Behütend und beschützend,

Auf Rosen gebettet wie ein Gedicht.

Engelsflügel tragen mich sanft –

Ich höre, wie in mir die Stille spricht

Und mich mit blauem Himmelslicht erfüllt.

Engelsflügel tragen mich sanft,

Behütend und beschützend eingehüllt.

Rosentraum

Innerer Raum

Mit Dornen beladen

Mein Herz trägt Trauer

Rosentraum

Innerer Raum

Gefüllt mit Licht

Ich glaube es kaum

Leben siegt

Frau im Rosengarten

Frau im Rosengarten
Worauf willst du noch warten
Die Rosen blühen wie im Traum
In diesem lichterfüllten Raum

Frau im Rosengarten
Worauf willst du noch warten
Wenn der letzte Trauerschleier fällt
Wird das Innere wieder erhellt

Frau im Rosengarten
Du darfst nicht mehr warten
Das Leben glüht und blüht
Lebe deinen Traum

IV   Regenbogen

Trauerjasmin I

Warum ist nur noch diese traurige Stille
In mir und eine graue Wolkenhülle
Verhüllt meine duftend leichte Jasminwelt?
Ein schwerer Stein wird hingestellt –

Wann laufe ich wieder auf dem blauen Wolkensteg?
Wann gehen Menschen wieder den gemeinsamen Weg?
Vielleicht nur ein kleiner Augenblick
Aber nicht mehr zurück …

Trauerjasmin II

Tanzend den Lebensreigen

Sehe ich, wie sich Astern neigen,

Sommertage klagen

Dem Abendwind geschwind

In diese Stunde

Und jeder Mund

Singt wieder tiefe Klagelieder

Mit dumpfen Klang -

Bis uns auch jetzt Wärme und Treue umfangen,

Ein neuer Stern ist auch im Herbst aufgegangen

Und blüht.

Erhellte Melancholie,

ein Sonett

Ein melancholisches Lied erklingt in mir,

Melancholie so schwarz und voller Trauer,

Widerhall der Einsamkeit wie eine Mauer,

Ohne ein antwortendes Lebenswort von dir

Vernehme ich nur dumpfe Klänge des Morgengraus

Und alle lichten Rosen des Lebens in mir verblühen.

Wann werde ich wieder voller Hoffnung glühen

Im Einssein des ewigen Abendrots?

Aber trotzdem höre ich sanft und ganz leise

Unendlich schönes Singen im Abendwind,

Herübergeweht in meine Welt ein heller Klang.

Ich laufe in tiefen Gedanken versunken geschwind

Hinaus in meinen Rosengarten und lausche lang

Hinauf zu den Wolken in meiner Herzensweise –

Meine Art von Elegie

Blüten tanzten in mir,

Blumen bewegten mein Inneres,

Rosen sangen das Lied der inneren Tiefe,

Bis der Frost kam,

Alles erstarren ließ.

Aber Rosen blühen immer noch

In lebendiger Erinnerung

Und als Zeichen

Der Liebe zum Leben -

Tränen der Zeit

Unendliche Tränen der Zeit geweint ins Leere –
Wer trocknet mit heilender hingebungsvoller Liebe,
Umgeben von sanften Händen und ewig getragen?
Unendliche Tränen der Zeit geweint ins Leere –
In den Tränen der Welt spiegelt sich der Regenbogen
Einer auf Erlösung hoffenden blauen Erde.
Unendliche Tränen der Zeit geweint ins Leere –
Wer trocknet mit heilender hingebungsvoller Liebe?

Seelenvogel

Mein Seelenvogel hat ein schweres Herz
Und fühlt einen dumpfen Klageschmerz.

Leider kann es nur noch in leiser Stille klagen,
Auch wenn die lebendigen Quellen rauschen,
Kann ich deiner Stimme nicht mehr lauschen,
Nur noch im tiefen Herzensinneren verzagen.

Mein Seelenvogel hat ein schweres Herz
Und fühlt einen dumpfen Klageschmerz.

Wo bist du denn in dieser Zeit hingeflogen,
Großes bunt singendes Jasminglück?
Jedoch ein tiefer und ewiger Lichtblick
Nach oben schenkt mir den Regenbogen.

Regenbogen

Siehst du den Regenbogen schon am Horizont?
Die Taube hältst du schon in den Händen,
Behalte die Hoffnung in dir und lass sie fliegen –

Siehst du den Regenbogen schon am Horizont?
Dein sich sehnender Blick richtet sich nach oben
In Erwartung einer dich erreichenden Antwort –

Siehst du den Regenbogen schon am Horizont?
Die Taube hältst du schon in den Händen!

V   Lichtgedanken

LICHTVOGEL,

Du bist mit neuer Hoffnung ins Leben geflogen!

Nimmst dabei auf die transzendenten Farben des Regenbogens,

Deine Flügel sind hingebungsvoll gefüllt mit Licht.

LICHTVOGEL,

Du bist mit neuer Hoffnung ins Leben geflogen!

Dunkelheit und Unsicherheit und Angst erreichen dich nicht,

Verbreitest die lichtvolle Botschaft des Lebenswunders.

LICHTVOGEL,

Du bist mit neuer Hoffnung ins Leben geflogen!

Nimmst dabei auf die transzendenten Farben des Regenbogens.

LICHTVOGEL flieg

Hinaus

In die Welt!

Sonnenvogel

Du lebst tief in mir

Flieg hinaus in die Welt

Freiheitsvogel

Hoffnungslicht

Licht bricht durch

Und erreicht uns

Wolkenlicht

Licht bricht durch

Und erreicht uns

Im Herzen

Himmelslicht

Lichte Blüte

Himmelsblumen

Ausgerichtet zum Himmel

Weiße Wolken zeigen den Weg zur Hoffnung

Schon mitten im Leben

Lebenslicht

Mädchen in deinem Silberkleid,
Zögere nicht und sei bereit
Zum Empfangen der Botschaft
Des Lebens –

Mädchen in deinem Silberkleid,
Nimm die Hoffnungstaube mit,
Damit auch du fliegen kannst
Ins Lebenslicht –

Lichtdurchflutete Unendlichkeit
Hineingestellt in die endliche Welt
Licht, das mein Inneres erreicht,
damit ich leuchten kann …
komm in mein Herz

Frühlingslicht

Noch verborgen,

Gut aufgehoben,

Strahlst du schon hervor,

Ersehnter Frühling,

Bald wirst du dein Lied

Über die Erde aussenden

Und vieles zum Blühen bringen

Auch in mir.

Frühlingsmädchen

Tanze deinen Frühlingstanz

Voll inniger Lebendigkeit

Deiner eigenen Frühlingsweise

Der Frühling ist wie ein tanzendes Mädchen

Du, Mädchen, bring den hellblauen Himmel mit

Du, Mädchen, bring schöne Farben und Lieder mit

In unser Leben

Seelenfenster

Licht durchbricht

alle Dunkelheit

des Seins

Licht erreicht

dich und mich

im Herzen

Lichterfüllte

Herzen

strahlen

VI Wolkengedanken

Meine Wolkenstadt

Wohnen wir in Gedanken in Wolkenräumen,
Schwebend auf einem weiten Silberflügel,
Umgeben von einem lichten Wolkenhügel
In nie endenden, liebevollen Träumen?

Und ich laufe auf meiner Suche bis hin zum Himmelsrand,
Eine bunte Fantasieblume in meiner kleinen warmen Hand,
Knüpfe von mir zu dir ein umfassendes Hoffnungsliederband.

Ob wir wirklich das uns erfüllende Sehnsuchtsland finden,
Dort unsere schwebenden Gedanken
an den Regenbogen binden …

Wolkenstadt

Lichtumgeben
Wohne ich täglich neu
In meiner Wolkenstadt
Im Regenbogenweg
Umgeben von Blumen und Bäumen
mit strahlendurchflutenden Gedanken
Die ein Wunder sind

Der Himmel in mir I

Ein Stück vom Himmel

Möchte ich gerne finden –

Und dann betrachtend verweilen,

Das Erlebnis mit der ganzen Menschheit teilen.

Neue Treue ewig geschenkt

Durch den Regenbogen

Nach der großen Flut –

Immer wieder Hoffnung angezogen,

Weil das LEBEN

Gewebt ist aus der tiefen Hoffnung

Auf ewig unendliche Ewigkeit.

Der Himmel in mir II

Ein Stück Himmel –

Vom Himmel ein Stück,

Welch ein großes Glück

Kann es sein, dieses kleine

Stück vom Glück zu finden,

Nicht fern vom Abendwind fortgetragen,

Sondern in Kleinigkeiten verankert,

Betrachtet mit Herzensaugen.

Sternenlieder

Aus den Räumen der Zuversicht

Schweben lautlos und sacht

Bunte lebendige Sternenlieder

Auf die Erde nieder,

Schaffend dort einen Ort voll

Blühend klingenden Gemüts

Der Seligkeit in der endlosen Zeit.

Wolkenlandschaft

Geheimnisvolle und träumerische Welt

Die Bäume beginnen zu träumen

Und der Mensch gelangt

In heilige Räume

Die ihn nachdenken lassen

Über das Leben

Eingebunden

In die Unendlichkeit

Wolkenschloss

Losgelöst von dunklen Gedanken,
Die in die Helle des Himmels versinken,
Schwebt das Wolkenschloss in mir
Hinauf in den unendlichen Raum zu dir,

Unter uns der nie endend erscheinende Fluss,
Doch ich erwarte deinen Ewigkeitskuss –
Im Wolkenschloss leicht schwebend
Und uns über das Schwere erhebend,
Hingeweht wie ein hoffendes Gebet,
Gehe ich meinen eigenen Weg.

Blick zum Himmel

Deine Füße werden ganz leicht,

Wenn du mit den Augen

Den Blick zum Himmel

Nicht verlierst.

Wenn du aufrecht gehst,

Musst du manchmal

Die Augen aufschauen lassen,

Um wieder strahlen zu lernen

Im Innern des Herzens.

Wolken der Trauer

Meine Herzenswolken tragen ein tristes Trauerkleid,
Gewebt mit den silbergrauen Fäden voller Leid.
Die Novemberrosen in mir können nur noch klagen,
Ohne ein leuchtend rotes Kleid zu tragen.
Der Lebensgarten von grauen Wolken umringt.
Ohne dass jemand eine Hoffnungsmelodie singt.
Trotzdem werden leuchten die Sterne
Und ewig suche ich die Hoffnungsblumen in der Ferne.

Unter dunklen Trauerwolken stehen
Und den kalten Regen spüren
Die Blumen der Regenbogenwiese
Nie und nimmer vergessen
Und im Hoffnungskleid
Den Lebenstanz balancieren
Das ist LEBEN

Wolkenkunstwerk

Ohne Grenzen

Nur momentan erlebbar

Ich schaue staunend hin

Danke

Wolkengemälde

Unbeschreiblich schön

Fantastisch groß und weit gemalt

Mit unendlich großer LIEBE

Vogelflug unterwegs

Der blaue Himmel weist den Weg

In ein weites fernes Wunderland

Aber es gibt auch den blauen Himmel

Im Innern des Herzens

Wolkentanz

Lichtdurchflutete

Lebendige Leichtigkeit

Blaue Wolken

Tanzen wie Engel

Eine wundervolle

Atmosphäre verbreitend

Ich beginne zu tanzen

VII   Seelenmelodie

Lebensmelodie

Tanzend den bewegten Lebensreigen,

Zu mir gehörend ganz eigen,

Balanciere ich auf den Stufenwegen,

Tanzend den bewegten Lebensreigen,

Muss die lichte Melodie in dunklen Phasen schweigen,

Obwohl die lebendige Hoffnung wird zum Segen.

Tanzen den bewegten Lebensreigen,

Zu mir gehörend ganz eigen.

Blaue Engelsmelodie

Du, blaue Engelsmelodie, begleitest meinen Weg
In meinem Herzen niedergeschrieben.
Manchmal verstummt die blaue Engelsmelodie,
Dunkle Klage-Elegien begleiten meinen Weg,
In meinem Herzen niedergeschrieben.
Wenn Trauer, Angst und Sorge klagen,
Stehen violette Engelsflügel bereit,
Tragen mich ins Weite.

Polarität des Lebens

Zwischen

Liebe und Verzweiflung,

Kraft und Schwäche,

Dunkelheit und Licht -

Die harmonische Lebensmelodie

… schweigt …

So lange du lebst, wird wieder heller Tag,

Egal, wie viel Dunkelheit auch kommen mag.

Die Versöhnung der Polarität

Lässt deine eigene Melodie erklingen,

Harmonie-Seelenklang.

Fenster zur Seele

Öffne das Fenster zu deiner Seele,

Dein Inneres ist dein wahrer Reichtum.

Es gibt noch Wunder, liebes Herz!

Offne das Fenster zu deiner Seele,

Deines Wesens Wunder kommt zum Vorschein,

Wenn du dir nimmst Herzenszeit.

Öffne das Fenster zu deiner Seele,

Dein Inneres ist dein wahrer Reichtum.

Außen und Innen

Außen stehend siehst du viele Lebensfarben,

Außen betrachtend fasst du viele Lebensformen,

Außen lauschend tanzen viele Melodien herum,

Von Außen fehlt dir viel.

Nur im Innern erkennst du dich,

Deine eigenen gemalten Lebensfarben,

Deine eigene gestaltete Lebensform,

Deine eigene gespielte Lebensmelodie.

Nur im Innern erkennst du dich,

Harmonie entsteht.

Stille im Herzensgarten

Der Mensch strebt weit fort
An einen entfernten lauten Ort,
Suchend dort auf deine Weise,
Ziehend große Lebenskreise,
wirst du vermissen ein inneres Wort.
Manchmal musst du stille sein
in deinem eigenen Herzensgarten,
Darauf musst du dann auch warten,
damit die Stille wird ganz dein.

Lied der Elemente

Luft, dich brauch ich
Vogel des Himmels begleite mich auf meinem Weg,
damit ich die Leichtigkeit und das Singen nicht verlerne
Luft des Lebens

Wasser, dich brauch ich
Delphin des Wassers begleite mich auf meinem Weg
damit ich meine Lebendigkeit und das Tragende nicht verliere
Wasser des Lebens

Feuer, dich brauch ich
Strahlende Sonne, Feuerball am Himmel begleite mich
damit ich meine Wärme und meine Begeisterung geben kann
Feuer des Lebens

Erde, dich brauch ich
Boden, auf dem ich stehe, verwurzelt wie eine Pflanze
damit ich meine Festigkeit und meine Standhaftigkeit spüre
Erde meines Lebens

Luft, Wasser, Feuer, Erde

Ihr seid nicht nur um mich

sondern auch in mir

Ich lebe

VIII   Blumengedanken

Leben mit Rosen

Die Dornen tragen

Rosen im Leben

Blühen und Duften

Echte edle Rosen

Oder Rosen aus Stein

Steinherz

Rosenherz

Erwecke

Echte Rosen

Auf deinem Weg

Herzrosen

Rosen haben Dornen

Vergiss das nicht

Wenn du sie in dein Leben pflanzt

Hoffnungsrosen

Überall gesucht

Gefunden im Dunkeln

Dornen haben Spuren hinterlassen

Neubeginn

Neues Lied

Gesungen im Inneren

Weil das Herzfenster offen ist

Für die unendliche Rosenmelodie

Spiegel der Hoffnung

Herzblume

Mit der Herzblume in der Hand,

Die Arme ausgestreckt und bereit,

Kannst du frei atmen.

Mit der Herzblume in der Hand,

Bist du bereit, den Himmel zu sehen,

Deinen Lebensweg wieder neu zu entdecken.

Mit der Herzblume in der Hand,

Die Arme ausgestreckt und befreit –

Seelenblume I

Umschlossen

Von einem bergenden Raum

Blühst du, meine Seelenblume,

Man glaubt es kaum

Ein kleines Licht

Gibt dir Kraft

Zum Blühen

Seelenblume II

Tief in uns

Leuchten Seelenblumen

Nie verblühende

Blumen der Hoffnung

Blumen des Lichts

Blumen der Inspiration

Damit sie eingepflanzt werden

In das Leben

Dornen und Rosen auf dem Weg

Für Maria, unsere himmlische Mutter,
inspiriert durch das Lied „Maria durch ein Dornwald ging"

Auf dem Dornenweg erlebt sie viel Leid,
jedoch getragen von der göttlichen Liebe,
die immer in ihrem Herzen bliebe.

Die Wanderschaft erscheint unendlich weit,
durchlebt werden muss die finstere Nacht
mit der Herzensfrage, wann ist es vollbracht.

Zur Welt bringt Maria das göttliche Kind,
zum Erdental gekommen, dort wo wir sind.
Die dunkle Welt wird lichterhell erhellt,
weil sich Jesus als Bruder zu uns gesellt.

Glauben können wir dem ewigen Wort,
eröffnend uns ganz weit die Himmelspfort.
Rosen blühen nun rot auf den Dornenweg,
uns weisend den Hoffnungssteg.

Stiller Baum

Mitten im lauten Lebenstanz
Suche ich den stillen blauen Baum,
Nur zu finden im inneren Raum,
Denn mein eigener Weg zu mir
Und meinem eigenen Blumenkranz
Führt mich nahe hin zu dir,
Stille meines Lebens.

Blaue Blume

Mit tiefer Bedeutung

Ergreife mein Herz

Ich bin auf der Suche

Nach dir

Rotbraune Herbstschönheit

Herzblut und Liebesglut

Ewigkeit und Vergänglichkeit

Liegen so nah beieinander

Herbstbotschaft

Sternblume

Mitten im eisigen Winter

Blühend erlebbar

Als Botschaft der Liebe

Zum Leben

Herbstrose

Vom Herbst geprägt

Trägst du immer noch Schönheit

Ich sehe dich an

Und schaue staunend

Vom Herbst geprägt

Den Kopf zur Erde gesenkt

Das leuchtende Rot

Kann dir keiner nehmen

Winterrose

Der Winter naht mit Kraft

Eine ganz gewaltige Macht

Ob er vermag, dir die Hoffnung zu rauben

Und dich dann bringt in tiefe Nacht

In dir willst du an das Leben glauben

Und das innere Licht ist da ganz sacht ...

Rosenwinter

Das Ende der Rose naht
Ihre Leuchtkraft schwindet
Alle Kraft werde ich an den Regenbogen binden
Damit sie den Weg durch die Nacht zum Licht hin findet
Das Frühlingserwachen kommt …

Blumenfarbenspiel
Fließende Harmonie
Innig tanzender Leuchtkraft
Erblicke ich mit meinem inneren Auge

IX Herz-Ansicht

Brennender Dornbusch,

angeregt durch den „Brennenden Dornbusch" in der Bibel,
die Theophanieerzählung, in der Gott dem Mose
seinen Namen offenbart: JAHWE –
„Ich bin der Ich bin da" oder auch übersetzt
„Ich bin da für euch, was immer auch geschieht."

Flammenbusch in Blau

Wie der Himmel in dir

Leuchte hinaus in die Welt

Flammenbusch umgeben von Rot

Wie die Liebe in dir

Leuchte hinaus in die Welt

Flammenbusch mit Gelb

Wie das Licht in dir

Leuchte hinaus in die Welt

Himmel, Liebe, Licht

Leuchtet

Flammen leuchtet in uns

Herz-Ansicht

Innig verbunden mit der Natur im Leben
Erkennend im Herzen, was sie mir kann geben,
Geh ich hinaus in den Wald und das lichte Feld,
Betrachtend mit offenen Augen das Himmelszelt.
In mir lebt so viel innig liebender Lebenssinn,
Den schenk ich weiter bis zu dir in die Ferne hin.

Innig verbunden mit der Natur im Leben
Erkennend im Herzen, was sie mir kann geben,
Zu den ewigen Bergen empor geht mein Augenblick,
Suchend im Inneren mein weiteres Lebensgeschick.
Mein Herz findet hier erfüllenden inneren Segen
Und leitet mich weiter auf meinen eigenen Wegen.

Innig verbunden mit der Natur im Leben
Erkennend im Herzen, was sie mir kann geben,
Trage ich den Hoffnungsschimmer im Angesicht,
Im Herzen schreibend für dich ein Liebesgedicht,
Wobei ich in der Natur finde das richtige Wort,
Der Wind trägt die Poesie dann in die Weite fort.

Die Herz-Ansicht wird zu meinem eigenen Gesang,

Der gefüllt wird mit dem himmlischen Seelenklang.

Natur Rund Weg

Durch alle Jahreszeiten gehe ich durch die Natur,
Erlebend im Herbst die Blätter so golden bunt,
Die mir eine besondere Botschaft geben kund.

Durch all die Jahreszeiten gehe ich durch die Natur,
Findend im Winter einen zauberhaften weißen Steg
Und mit offenen Augen sehend den Hoffnungsweg.

Durch all die Jahreszeiten gehe ich durch die Natur,
Wissend, dass der Frühling das Dunkel überwindet
Und mein Herz in der Natur die Wunderrosen findet.

Durch alle Jahreszeiten gehe ich durch die Natur,
Erfahrend Heilung für die Seele so harmonisch rund,
„Natur Rund Wege" geben auch dir etwas kund.

Mein Herzensbücherbaum

In meinem Leben steht ein wundervoller Bücherbaum,
Einnehmen wird er immer und ewig einen weiten Raum.
Das leuchtende Grün erscheint am Lebensboden gespiegelt,
Meine Ideen und Ideale sind dort wie ein Schatz versiegelt.

Dichter und Denker finden sich dort heute und auch morgen,
Um ihren Platz in meinem Leben mache ich mir keine Sorgen.
Bücher lesend meditierend finde ich schöne Lebenssterne,
Die mich in meiner Fantasie bringen in die Himmelsferne.

Mein Leben lang einatmend die immer neue Bücherluft,
Kann ich in die Welt hinaustragen einen Hoffnungsduft.

X   Poesielebendigkeit

Meine Fantasieblumengedanken

Beginnen zu leben, sich zu bewegen

Nicht einzusperren, nicht zu verbergen

Ideen und Ideale

Ideale und Ideen

Gehören zum Menschen

Zur Verwirklichung

Um etwas zu bewegen im Leben

Ich sprenge

Die dunkle Fassade

Mit meiner Fantasieblume

Fantasieblume I

Öffne dich und lass

Die Fantasieblume

In die helle Luft aufsteigen,

Alle unüberwindbar scheinenden Zwänge

Fallen ab und kehren nicht mehr zurück zu dir,

Ihr könnt die lichtdurchflutete Fantasieblume

Mit ihrer Leuchtkraft und Lebendigkeit

Nicht einfangen und bezwingen

Fantasieblume II

Der Traum von Rosen,

die den Stacheldraht sprengen,

kehren nicht wieder.

Blumen singen nicht mehr.

Was macht die Prinzessin des bunt lebendigen Lebens?

Wo ist ihre Zuversicht, ihr Mut, ihr Wille?

Fantasieblumenprinzessin,

Suche weiter die weißen Blumen,

Sing weiter mit ihnen die Hoffnungsmelodie,

Träum von wunderschönen Rosen,

Die dir Kraft geben zum Handeln

Zusammen mit anderen …

Unendlichkeit

Versinken in Rosenpoesie
Trinken das Wasser des Lebens
Die Quellen der Kreativität rauschen
Und Lebenssterne lauschen
Lang dem einmaligen Klang
Deiner wahrhaftigen Worte
Die mich sanft umfangen
Mit zarten Flügeln der Unendlichkeit

Poesieland

Wandernd in das Poesieland,

das ich immer dann blühend vorfand,

wenn mein Herzfenster offen stand

Kraft schöpfend trage ich das Himmelsblau

Hinein in das Lebens-Alltags-Grau

Und blühe

Neues Lied

Mein Lied ergreift mich in meinen Träumen,
Lied, das mein Herz ganz und gar ausfüllt
Und trotzdem das ewige Geheimnis verhüllt,
So suche ich Zuflucht bei den Bäumen –

Leichten Schritts hinaus auf den Traumhügel,
Finde ich meine Freude am Dichten wieder
Und schreibe lebendige Lebenslieder,
Die mich emporheben auf meinem Poesieflügel –

Meine blaue Blume

Die blaue Blume zeigt ein Hoffnungsbild
Und hat mich ganz und gar eingehüllt,
So viele graue Schatten- und Trauerwunden
Sind durch ihre Blumenflügel verschwunden,
Gebunden habe ich sie an meine Herzensseite,
Nun findend aus der dunklen Enge hinaus ins Weite –

Nach so langer Zeit gibt es wieder Seraphsflügel
Und ich besteige voller Zuversicht den lichten Hügel –

Seraphsflügel

Meine blaue Blume
Erhebt mich ins unendlich Weite
Losgelöst von aller beengenden Schwere
Mir erweisend die leuchtende Blüten-Ehre
So besteige ich wieder meinen eigenen Poesiehügel
Und weiß mich stark getragen von meinem Blumenflügel

Fantasielandschaft

Entstanden im Inneren

Erfahrbar voller Kreativität

Erdacht und geschaffen

Um zu leben

Geerdete Erde mit Lebensbäumen

Immer weiter in das Blau des Himmels sich ausrichtend

Die Unendlichkeit der Gedanken

Leben im Herz der Poesie

Gefühltes Erleben

Wird blaue Wirklichkeit

Erhellte Farben der Fantasie

Beginnen zu sprechen

Federleicht

Ganz sanft

Mich zutiefst erreichend

Erfahre ich im Blumenlied

Frieden

XI   Engelsflügel

Engelsweg

Engel auf dem Weg,

Blühenden Seelensegen schenkst du mir,

Behutsam und sanft kommst du auf dem Lebensweg –

Engel auf dem Weg,

Eröffnend mir einen silberhellen Hoffnungssteg,

Der hinüberreicht in eine andere lichte Welt

von mir zu dir –

Engel auf dem Weg,

Blühenden Seelensegen schenkst du mir –

Unsichtbare Begleiter

Mit dem Lebensauge nicht zu fassen,
Begleiten sie uns in unseren Sorgen,
Fühlen können wir uns tief geborgen,
Denn sie werden uns nie verlassen –

Unsichtbare Begleiter

Mit dem inneren Auge zu spüren,
Dass sie uns über die Lebenswege führen,
Gerade auch über den reißenden Fluss
Begleitet uns der Ewigkeitskuss –

Engel des Lichts

Du, Engel, bist in Berührung mit meiner Seele,

Seelenvogel auf dem Weg des Lebens,

Du schützt meine Seele, damit sie unversehrt bleibt –

Du, Engel, bist in Berührung mit meiner Seele,

Wegweiser bei allem, was das Leben schreibt –

Bote einer anderen Welt, der mich zum Handeln treibt,

Du, Engel, bist in Berührung mit meiner Seele,

Seelenvogel auf dem Weg des Lebens.

Unsere Engel

Wir brauchen unsere Engel

Den Engel des Friedens,

Damit wir uns nicht zerstören –

Den Engel der Wärme,

Damit wir nicht vor Kälte erfrieren –

Den Engel der Achtsamkeit,

Damit wir das Wesentliche sehen –

Den Engel des Trostes,

Damit wir nicht zutiefst verzweifeln –

Den Engel der Treue,

Damit wir nicht ängstlich zerbrechen –

Den Engel des Vertrauens,

Damit wir uns öffnen können –

Den Engel der Liebe,

Damit unser Herz lebendig bleibt –

Den Engel der Hoffnung,

Damit wir wieder aufstehen –

Den Engel des Glaubens,

Damit wir Lichtboten sein können –

Den Engel des Lichts,

Damit es hell in uns ist –

Hoffnung,

Geschenkt durch dich,

Engel des Friedens,

Mein Herz bekommt Flügel

Und fliegt

Rosenengel,

Auf der Lebenskette zu finden,

Begleiter des Lebens

Erkennbar mit dem Herzen –

Es gibt sie wirklich hier und jetzt

Die uns wegweisend, lichtgebend,

hoffnungsspendend begleiten.

Balance

Mit offenen Armen
Balancierend auf dem Lebensweg,
Vertrauend in einen tieferen Sinn,
Umschlossen von ewiger Liebe,
Gehe ich weiter –
Unsichtbare Engelsflügel
Tragen

XII   Das Buch des Lebens

Der Ewigkeitskuss,

inspiriert durch Eichendorffs Vers „Es war, als hätt der Himmel, die Erde still geküsst" aus dem Gedicht „Mondnacht"

Himmel und Erde geben sich den Ewigkeitskuss,
In zart unendlich schwebenden Farben versinkend,
Ineinander verschmelzend im Hoffnungsfluss.

Mensch und Erde geben sich den Lebenskuss,
Dabei das lebendige Wasser des Lebens trinkend,
Innerlich versinkend im Lebensfluss.

Der Lebenskuss steigt weiter auf wie ein Gebet,
Findend mit guten Wünschen den gesuchten Weg.
Der Mensch küsst die Ehrfurcht vor dem Leben,
Weil dieses ihm ist als wertvolles Geschenk gegeben.

Der Lebenskuss steigt weiter auf wie ein Gebet,
Findend mit offenem Herzen den gesuchten Weg.
Der Mensch küsst den Glauben an den Himmel,
Weiß sich sanft getragen in der irdischen Zeit,
Vertrauend auf die göttliche Ewigkeit.

Der Ewigkeitskuss ist ewig!

Das Buch des Lebens

Du trittst hinein in das Leben,
das dir will so viel geben.

In die Schöpfungsnatur bist du eingebunden
und irgendwann hast du deinen Weg gefunden.
Dankbarkeit erfüllt dein lebendig Herz,
das natürlich erlebt hat auch tiefen Schmerz.

Du trittst hinein in das Leben,
das dir will so viel geben.

Das Lebensgeschenk umschließt ein unsichtbares Band,
das uns alle harmonisch zusammenführt im Lebensland.
Über uns Geschöpfen begleitet uns ein strahlend Licht,
wenn wir es spüren, wird hell und klar die Herzenssicht.

Du trittst hinein in das Leben,
das dir will so viel geben.

Einmal wirst du hören eine Stimme, die allein ruft dich,
es ist dann soweit, du sagst: „Es ist Zeit für mich!"
Ich habe gelebt und geliebt mein Leben,
das ich nun wieder in liebende Hände kann geben.

Du trittst hinein
in das ewige LEBEN

Epilog

„Jeder Tag ist der Anfang des Lebens.
Jedes Leben ist der Anfang der Ewigkeit."
(Rainer Maria Rilke)

FSC
www.fsc.org

MIX

Papier | Fördert
gute Waldnutzung

FSC® C083411

Zeitfracht Medien GmbH
Ferdinand-Jühlke-Straße 7
99095 Erfurt, Deutschland
produktsicherheit@kolibri360.de